華志文化

華志文化

絕句詩變身秀

在時代浪尖上迴身獨演於一座舞臺

詩體所現句式變化，即在選配節奏；而平仄相調，則為營造旋律；至如韻腳設計，乃有和聲延聽需求。此理至明，卻因人多未憭而演為不傳玄祕。獨味昇華為所劇演文內極大化資訊者，乃我最新信念：舊詩體重生，在此一役。

周慶華◎著

書內容簡介

古詩重生，實賴資訊詩化一途。試煉有成，則可以轉傳統為開新，再領風騷。本詩集即基於此一理念而勤懇創作完篇，體式依古五七言絕句，鍛情鑄意乃越今力求翻新，全程以變異姿態，在時代浪尖上迴身獨演於一座舞臺。

作者簡介

周慶華，文學博士，大學教職退休。出版有《詩話摘句批評研究》、《文學理論》、《語文符號學》、《文學經理學》、《走出新詩銅像國》、《七行詩》、《剪出一段旅程》、《新福爾摩沙組詩》、《銀色小調》、《飛越抒情帶》、《意象跟你去遨遊》、《詩後三千年》等七十多種。

序：在時代浪尖上迴身

詩源自歌唱而非徒作，今所存詩三百篇多顯疊套合樂略可證矣。歌唱有曲調，曲調有旋律節奏。詩體所現句式變化，即在選配節奏；而平仄相調，則為營造旋律；至如韻腳設計，乃有和聲延聽需求。此理至明，卻因人多未憭而演為不傳玄祕。

後有五七言詩仿作不歌，遂成定式，而歌唱則別立長短句樂府承祧，自成一脈。二者異轡並驅，時有合流（純詩亦可配樂而歌）；終而再出律絕謹嚴格律，以及新樂府並曲子詞遞相衍變嗜新。傳統詩歌可察見者如斯而已，豈有滯理奧義容乎其間！

然歷代說詩者，或究韻譜，或考律髓，且出例課類，判分雲泥，所詳處幾成大觀。殊不知格律細節，乃一人一式，後學卻以前賢所有意無意創體為典則，而相衡自我從業不殆，實屬可怪。

今審五七言體乃語言美聽二式（以後出絕句為基底），已成慣習，自可保存。餘如古音今調及輕重緩急等取則等，但以略能使唇吻遒會為主，毋須計較舊有體式，另用韻處度，亦不必強戒出韻而自縛手腳。若然，則可以談古式新裁重光詩思一事。

近世外犯屢至不敵，國格淪胥，舊詩體亦隨風潮為新詩體所取代。但此新詩體形製氣力乃盡仿西方自由詩而不名，獨有「資訊詩化」乙格或可一搏濟窮。而此試煉我已有多本詩集展演（如《剪出一段旅程》、《新福爾摩沙組詩》、《銀色小調》、《意象跟你去遨遊》、《詩後三千年》等）且以一冊《走出新詩銅像國》論著詳為究本窮理待驗。今游刃有餘，當再向舊詩體謀求變身以相符應，庶幾不負平生所思所感！易言之，新詩體各式概已經我寫遍，難再出奇思；唯有舊詩體式甚夥，或可取一二變身從新出發，以顯個殊。此中理路，乃因古哲思辨據我實踐已有「轉傳統為開新」一體，詩詞本皆美物久耀，應更可比照一試。

書名為變身秀而不言變裝秀，僅緣此事尚涉一般律則，全然換新外觀仍非所能。尤為切要者，乃詩體容受極大化資訊變身一級得自我恪守，而此項則已體現於第二卷至第五卷商兌新學中。筆觸所及，述事紬理，調性急切，不忌露白；內情傷時罵世規過勸善兼而有之，或可博人一哂，但嚴肅鑄意仍不宜廢觀。

此外，首尾兩卷，權為我補傳（補多年前出版《走上學術這條不歸路》一傳所未盡意）。其中尾卷〈觀復我論著文字海〉已字面見意；而首卷〈孔說吾少也賤〉則取義未著半句「故多能鄙事」。此中頗寓孔聖哲思高華，難以企及，姑且暗截其繼語自況，以表少賤儘擔鄙事一節不遑多讓。全卷看似但攄我胸臆寫我識見，而不涉代變詩風或多備格力；然所亟欲突破舊詩體侷限此一志意，亦不難自合體中覷見。

邇來私忖前出大家作詩鍊字，或喜奇僻，或尚辛辣，我難以比肩；單沽重鹹一味，稍可並觀。如此則獨味昇華為所劇演文內極大化資訊者，乃我最新信念：舊詩體重生，在此一役。

周慶華

目次

卷二　權力網絡灰撲撲／67

卷三　生存競爭指數爆表／101

卷四　人間社會空洞虛無化／137

卷五　科技夢魘以太升級／171

卷六　觀復我論著文字海／203

卷一　孔說吾少也賤

裸童

無緣歲月找相親
碗破窮嫌換底新
腹嚷無神交險境
巴灰起步路難因

來去礦場

還原父業採媒工
誥命同儕不許紅
待到吾生翻日夜
連年室外降罡風

比居

頑童甕裏少一押
湊數他來敵兩家
眠我他鄉春啟夢
秋冬趕到盡沙瞎

數諸日

難魚減肉飯多籤
煨好纔陳鼠競先
大畜春餘人止餓
無天不有蹭熬煎

海濱少年

寮房礦裔減時衣
入學難違暫別離
海在家鄉濤響遍
連天促我弄潮兒

藻食

平臺海蝕點嵯峨
被覆蒼苔伴紫阿
石縫花開輕作凍
盤中簡俏有時多

穿山人

柴薪撿盡轉淒迷
野果療飢覓戲希
越過低崗高峻嶺
回眸霧鎖路灰梯

扛工

肩挑煙木擔
陣陣沈香汗
選邊客讓身
家在聲聲喚

另類獺祭

撿得螺殼綴
紛披曝曬多
躉賣隨客去
賞少痛心窩

肩負照遊戲

號呻弟妹我身背
尿過纔濕又淌灰
夥伴來邀泥作彈
蒙兒炸得亂紛飛

飼豕前後

能甘大藷鼎中燒
配菜籮筐倒幾蒿
豕仔聞香家盛代
割牠尚得比天高

聽牠在哀嚎

清晨運抵綑豬繩
起剩牢關出銳聲
亂耳低頻呼嘯日
商家賤賣賬清蒸

閒無記

睜開睡眼少紅妝
進港漁船現網框
撿拾殘魚餐佐料
迴身預覯滿風霜

牲畜滿庭院

雞鳴鴨啄也來鵝
狗鬧貓踅父老呵
姊趕豬齁拼世代
蟲喧弟嚷水天喝

忙活

前輪踩踏計全生
後腳無能許慢登
載得吩啜多逸響
纔知底氣不沈坑

折節欠讀書

書香歷代有人家
我宅盲文觸底瞎
裹首彎腰皆賤務
焉能上等不生痂

送報伕

晨間醒轉趕廂車
細過文工覷儘呵
字後還加沒萬代
來年補你剩一苛

升學遲感

兼差送報歉多收
暑熱冬寒總冷颼
計策銜無他職去
河風莫教對空舟

師培喚筆耕

凜得慈嚴訓
初嚐棄力難
負笈聽北上
筆落轉心安

寫手夢

窮才夜短苦呻吟
夢裏乾坤澀卯今
想拓千田尋陌路
環山許在看多茵

兵役涼背

難辭法令預官情
老作新防鐵衛傾
數得流光空對夜
倉皇逐槓悔存星

駐杏壇

回鍋小教抱生團
幾許勞煩審計觀
莫向歸途炎日在
秋陽過後港新灣

觀我童年復生

頑兒聚室多
吵嚷狗一窩
耳畔聽訓勉
兩眼亂城郭

棄力

添風綴雨不屋斜
礎石嚴牢逐我家
頂上還嫌星沒日
輕從命運近身掐

挺入高黌舍

修文進益再研班
典籍痴心有後甘
汲取憑依多證藝
叢林始自任由参

解嚴操兵

猶耽學術逞微才
路窄纏荊自劈開
解得三春空飢渴
天邊有卉幾時栽

恩怨一籮筐

刑期禁令綠燈行
桎梏纔消崽又興
辯難豪情壇坫上
端身舉目四鄰清

遐思

來時少地陪
遠地有輕雷
攏總一芥子
萬急被心摧

同道勉旃

傾身論學數春秋
貿得才名美事休
許我赧然迷對視
閒來告白嘆心悠

放逐東海岸

求安職場競先奇
島繞一周烏夜啼
駐足濱洋難背岸
他鄉暫作子歸棲

鯉魚山醒

迎陽斗室儉知音
夜裏號嘑伴囑新
僻地眠時驚樹異
彳亍省後緩身親

上庠留我不留

東來十六載空觀
練實一心不許彎
射出輻條傳我運
摛文澤被有時寬

還寄情

同儕准我退希休
講演批文偶應揪
稿紙攤開先搏命
書華嗣續寄無憂

文字療癒

傷痛復何劇
世間有後名
不耽今生樂
書誌舉身輕

東向覓居短吟

皐南大圳看滄桑
季節風吹敢敵當
曉日經心坼長夢
瞑間低誦減寒霜

紅樓遺事

頑石已歸去
大荒演絕情
我曹通凡輩
來往自由行

遣懷

相逢幾笑泯仇恩
渡盡殘波弟小瞋
卜算研知天底事
從來選項比伯溫

雙燭交光後
曲心找立方
我織文字海
鼎凍響匡噹

筆耕記趣

元有劇作家夜案燒雙燭自鳴，填至吃糖一齣掉出糖與米粒一處飛新句，雙燭頓時光交為一滿壁虛影。此神奇事，我於《跟君子有約》書寫至最末一字，背後亦有類似喝采聲響應，姑且誌之。

日夢

春眠然先佔
思鄉白搶光
閒來無歹事
獨守客寒窗

伏案後

從公枵腹會腸荒
轉寫匜難蹇胃筐
浪得留芳幾多夢
還希百醒病村莊

廟居

靦面有焚風
昂天看大鵬
市載不問盡
年書找亨通

悼某某

五湖四海走一回
文膽長弸稷下催
掃盡迷氛典前現
人神共審頌權威

變徵

駢歌登月欠一安
賦頌坫壇索半龕
寧我蒙痴敵狂笑
那能醒後計心寒

今人有用賦駢體寫時事，采散頗現狼犴狀，以此詩姑憫之。

退休續寫

文能治癒世頑癥
每覽千書想變更
重許何如聽自鑄
梟時歷盡日當昇

孵新夢

詎料塵間事
紛然賽市棋
舉筆存另界
孟浪抱根基

散記史牒

開朝始帝煉丹金
野合先師選誕新
卜筮神靈勤作嫁
莊生背對道相親

博弈

重回氣化保蒼生
創造局終歷數更
厭世資財輕殖民
從新點逗字占亨

勘瘟疫

新炎冠肺竄都心
惑捲羣情水入深
守得清貧一線在
天它任譴又熔金

卷二　權力網絡灰撲撲

開端

揪人聚物罩一重
意欲穿梭險路衝
錯過今生須曠代
潮追恐後竟成空

又見戲局

今疲後力火希燊
撚出餘柴復逞溫
戰到一兵安剩勇
愚頑且慢冀伸敦

數霸凌

庸常放眼盡情欺
反擊消無忤逆希
劇力圍觀通海隅
山前噪鳥亂飛低

名塚

孤求勝出第一層
踩踏殘生美貿聲
畢典年增都逝去
誰將把憶計時爭

堂屋裏外

欽如聖旨拱師言
暗裏摩挲半似堅
總藉新年拴運命
今憑正臉斥空鮮

拚排名

居前殿後藺關心
戲裏無人扮老筋
領取榮光還四顧
來年兌你效姻親

升級

操盤手內握真機
我輩流沙揀漏滴
注滿空堂猶溢外
槐青准許半枝棲

進入職場

選底纔時地
冗長夜想奔
寄食旰作伴
裏候渡新真

舠力

前無聖哲兩焦煎
現有凡庸戰競先
票匭投他心忐忑
明朝恐見水通淹

看他鑽營

毛頭蛻換幾時新
上臉寒霜鍍小金
轉去迎來都勢眾
掀眸警你莫相侵

捉放曹

權衡大小險中憂
擠兌毋嫌倩你求
越障橫行希伴侶
還來就我限一休

準範

交通達陣欠溫馨
鼓噪人羣罔用勤
學得三招分列式
貪歡半晌到如今

續準範

逢迎拍馬逞一師
晉級留中不閃時
作浪興風猶怨怪
難知死後蔭堅屍

風雨無故人

存高級別角先敲
迫逼低層氣運消
霹靂雲中光世道
蒼生瀝盡志先驕

小大

格局輕風校
臺前敢勝天
魯莽欺滅裂
食數祭山巔

吹哨者

逃離網絡自由人
布幔掀開不計身
想後思前纔半刻
寧非好作兩方恩

間隙

難憑血食恣來生
且顧身旁小淺坑
斷點明朝輕別後
先撓幾線亂紛爭

檢舉魔人

新潮職業卯一欄
教你渾茫不苟安
巷弄街衢是非地
聽聲演藝忌埋單

爬高

低頻等步忍吞聲
佔上枝頭肆志哼
異己休來偷探路
佳餚只我上人烹

抓耙仔

紋風漫動犬先聞
止吠還因次質葷
靜候時機全看透
炎天許你失身溫

攻訐

無情競比賽才能
訕詆相迎克己愣
飢渴虛榮昭日月
還來落寞伴孤燈

彼得原理

爬山選勢避巍峨
探子登高窄不阿
壯志雄心都算計
蒼茫四顧有迴呵

存怨

呱哇墜地顯殊胎
互戾一朝斷往來
巠紀鴻蒙重啟動
人間不許暗翻嗨

遛鳥客

巧籠樊啾叫
呼朋不應聲
旦夕驚遠志
有夢魘先扔

牘汝

曹中變節字先查
審罷身家找事搭
織罪毋須張大論
規條我訂你人渣

夾侍者

垂頭筆挺立中樞
作樣裝模宛上珠
耳畔風吹伊戰慄
無端落馬又陪都

食神

盤飧肅寂冷秋霜
顧盼爐邊次透光
殺遍犧牲無覓處
孤家且看上紅妝

掌中戲

沿聲出場序中分
大小隊伍選庇恩
舉重庸隨聽號令
誰人敢動在前奔

寒流且縈懷

桃源世外落山風
冷蕊枝頭鎖萬冬
醒醉一方獨行客
裴回不入了殘終

模擬自況

無門氏裏半仙人
儒道宮燈且照身
探向西牆無血色
棗紅遣送午時分

去服

脫光始見命嫌真
落子棋盤恐變人
浩渺今生非获願
茫盲後世水漣深

紅塵滾滾

風沙蔽日眇睜開
看得艱難次第挨
哲保完身還霹靂
希緣晉級算一獃

卷三　生存競爭指數爆表

早估

逃離產道剩一孤
自便消遙等海枯
出了牢關身再陷
何時養眼夜明珠

許願先失

無心戀覽客東村
恰切圖書指數存
老顧西邊忙作嫁
趨前冉染盡兒孫

美易物

重回遠古歷千辛
尚勝存家幾萬金
秤斗先生車載去
雲霓望斷是非今

爭天

先嫌矮箇喘單希
係統活生計不棲
仰首偷窺星黯淡
沈岑月送減輝機

思兄地

誇言重踏響沖天
走遠方知夢不黏
但敢輕聲敷潤物
蠲除雀想看雲顛

誨教者懺

羣蒙攏聚總一缸
杏樹為壇汰秕穅
哺食猶多空撚慢
呶呵背地數泥江

搏命

如椽大筆巨思惟
著述皇然醒指歸
百代一家光耀日
梭機不眠夜謙撝

一葦渡江

輕功倒練返初元
遍地行乞禁喊冤
許諾提攜商契作
穿心暗箭欠文宣

市塵

車漿引賣客多心
北歙南花眕暗陰
荷擔他兜空費力
層間有尚洗流金

衙

公門亂入險司閽
直達堅核仗仲昆
鬥角從來多怨懟
勾心且晉次神尊

職窟

倚待依山望
行前數海流
日夜驚沒頂
漫眼霧氛悠

街頭喋血

登時口角忌東門
力語雙方血氣噴
阻斷調和新裂隙
紅中有物理先奔

跳槽

非人待遇探盤飧
制舉零星搶小尊
矯目溝旁輕采邑
投身那計素更葷

個體戶

單匹獨闖冀雙棲
走調憑空水淖西
究竟無援奚底事
難如選伴應罤基

自資

檀家白手式多方
頓力禪修海倍汪
揀得菩提生慧果
猶堪渡己入銀框

策略聯盟

零頭賺少想多金
共命拉來敘底薪
懶罕存約催地利
機先場布綠如茵

黨固

謀私集結尚黑團
軋你傾他兩把玩
矯幸一朝登頂上
梭哈裏外不溜彎

民主行陣

捉廝對殺愛新潮
路窄相逢梃過招
攘外齊一挑晦日
還來辱己又連糟

坐龍椅

新皇選我縱天威
嗷嚻餵哺幾歉虧
四顧茫然星亂月
風聲背後鬼相追

名

違和利便有時貪
食重難輕饋主安
許貿才情通少到
連翩易動減宵旰

孔式

宮牆萬仞深
院外影存簪
攘往多櫟散
返徑鮮瑜琛

莊子逍遙

神人起式馭飛龍
至聖聯名缺少翁
等待清真秋煞過
無邊嘴闊閃寒冬

墨徒

磨胥頂踵怨天賓
遇處空無苦湊拼
補隙尤須膺選命
誰能涉險計忞心

公孫龍升辯

予豈三七仔
尊前大嘴開
股民瘋領教
御賜敢綜賅

法賊

牢堅幾代等因該
刻薄人心自此開
道德邊區陰暗路
徘徊盡是影相拆

數雜家

消磨典則去溫呵
百縱淵泉小幾何
懶怠伸頭先受戮
從容美化趕時阿

晉鬼一族

招前魑魅聚商家
貨少煩丁點蟹蝦
短徑來回多魍魎
遐思運抵讓嘻哈

神遇

暗日光明月
星途駕遠馳
冀得真積力
分外免閒痴

空門亂碼

來時酒食冷空乾
美色孤衾夢枕寒
髻冠旁捐窺衲子
難知剃後有茫然

詩療疾

詩長杜工部
饋客秘多方
有女深染疫
一劑病脫光

杜甫友人妻患瘧疾，以己詩「夜闌更秉燭，相對如夢寐」勸念無效；更易以「子章髑髏血模糊，手提擲還崔大夫」，果一試苦痛盡去。

寒山入關

雲袞霞纓配
狐疑滿水深
難征山徑闊
欲寄獨川貞

惠洪文字禪

十分春瘦幾時休
一枕思歸淚晚丟
浪子無端空倦役
期終投杖亂深秋

有魔鬥

娑婆兩界浼清流
皆眼睚先運恐休
想做仙真先搏命
榮名勝出揀財鳩

乘願再來

殘山門剩有餘依
惡水翻贏賺瀝淅
白世無垠巴饗宴
希時盛會減清淒

卷四　人間社會空洞虛無化

棄舊後

無頭民主革新潮
詬詈奔馳議典縲
外範夷聲方肆響
驚奇選作棹長篙

又見街頭喋血

高擎萬幟仿鄰邦
竄動金陽刺眼盲
掩我難知一日好
通家兌你卻乒乓

自由妄念

背地生陰步
堂皇詡退場
潛首溪底過
應世幾時張

務外

多心自搗力中分
稅法毛絨老斷根
內寇悉招邊隱患
平蕪路少見蹄痕

陰制動

全拋彩球落誰家
暗線穿餘兩手枷
且滾渾輪雙逼戲
臺前草地少彈壓

翻案

新裁便制眄時修
舊典觀無慕季秋
審度寒冬先後效
陽春易過夏蟲啾

人才荒蕪

油然祿蠹顯村心
國賊含藏會小禽
湛業傳承低本事
開光創體曠逾今

斷點

羨異誇洋術
蹉跎數本行
舉目蒿四境
棄學濫當夯

新型守財奴

窮資主義踩天涯
一只皮箱愛混搭
款寄西鄰孳滕息
凭欄怯望水滂沙

典沒

清人考據紹前流
越代迷西反潛悠
聖哲遺音不復道
完形絕學有誰修

瘋買辦

尖端複利早乘車
慘剩零星戲水歌
轉手能推輕限地
希時僥倖硬如柯

零賞榮光

忽來鎖鏈繫長工
產後生機審計空
總為徇私謀便利
皺餘始自暖深冬

海歸迷

難逢百載順洋飄
字典翻查搶午宵
緊抱新垣粗石礫
猜贏梓地擠人妖

文化征服

一朝變節殄尊嚴
頃刻人間斷足顛
萬品傾銷淹日曆
年來歲去抧神仙

腳屈

量身短促入倭流
仰首羞覘赭塞丘
頁問初文騷旅次
空無解答薊名幽

政治幫派

山林嘯聚晉壇堂
食辣吞香起地贓
跌落溝渠更隱號
明朝復出任低昂

賭

心長眼短絡今天
豈畏人言苦辣甜
賣命光身痴蹇運
焉知背地好花蔫

搶錢族

天機戳戌開
禱禁眾神咳
勿近取世路
太乙罪三陔

百變妖狐

溫辛小大獺一窩
狴犴穿梭顯力多
示弱強梁攻盜獵
敧兮免戰老依託

軋戲

聯軍自壯侮方休
漸熾團哄正莽揪
外禦初盟瘋立誓
佯攻反挫墓成丘

仵作登天

勘亡命抵驗心誠
練就無嘩掩世爭
驀見堤前新柳色
遐升意態九歌聲

票反

連臺秀戲客悉尊
只道填膺點絳唇
看板消磨痴月旦
山城越後又一村

呡

類失升顏閔
姸媸自品搰
攬罪夥倍率
墊底衰狂呼

羣蠅

腥羶聚腐蚋棲中
趕集蝨虻體齒空
俯瞰平疇皆力士
喞蛆入駐趁新鬨

通衢大道

偏逢政出漏重屋
德失丹青賭兩輸
莫念銀元威世道
豪強畢現蹭人誅

逃難

收匣旱澇止啼飢
地動傳檄陷底溪
法酷施勤烏嘸類
緣何盼處草芳萋

飆

追風湑少滓糟清
宦海無波暗戥星
尹望齊奔虛卒歲
難如我等馭鵬鯨

歐風美雨

干支蝟雜索番旗
入幟鷹鴿戾血蹊
彈雨槍林辛亥後
凌天氣燄靡人激

點絳唇

紅顏美白次鮮棉
駛出歧途影像篇
誓不重回傷感地
人間虀粉臼辛邊

鼎

世裔葳薪事
前承火供多
末競烹典律
斗小蔚一窩

茫途

棲惶問酒道難容
醉倒八方選控中
景後雲開傒徑闊
暬飛錯認數山空

錄鬼簿

渙承蠱後卦成堆
拈得吉凶出銳錐
戳痛寒風許不盡
俗情無奈少言虧

庚子年新冠肺炎疾疫大流行，友朋或筮得蠱卦，或筮得渙卦，吉凶難定。世人逞臆妄為，宜有此一厄！

卷五　科技夢魘以太升級

史乘

誇能上帝立神威
淺眾嗥呼矯自危
變請一人初代業
洪荒老死化成灰

禍從地起

林蒐濫砍掖新城
闢建除途鳥事爭
偃蹇維生非法度
泥溝要塞死魂升

壩川

析骸技架兩峯間
築水埋山路給牽
錦繡歸蕪休念怪
心崩力失獺優先

眼失天際線

平僵緩地起高樓
械走空中六彩兜
豈望雲霓來客座
窮張兩目晃新洲

游龍

強彎隧道直橋樑
海底能穿比地疆
狀若條紋欺佛面
一聲短磬業環鑲

飛

航空舞動鷙翱翔
夜挾朝陽狠跨洋
縮地神行衝太保
煙塵尾綴鬼鏗鏘

鑿山

邊緣物料薑搜全
閃亮金銀祕少宣
崛盡今朝虧意境
商心滿足避旁蠲

抽油泵

黑金恰似簡流年
汲取渾波億萬千
到海爭雄鷹幾架
微形管浪日淹煎

佔海

平伸觸角入重淵
浪打風根想溯源
滿擋船燈空照徹
魚兒遠避讓刀喧

惡地表

攀爬嶺脈白埤塘
控勒村郭敢敵當
易水蕭岑茲別去
英雄莫返坼金剛

宇宙流光

銀河遠眺眨青睛
近覽圓球閉眼明
轉動微思心墜緒
翻科哲理鬧天星

吸能機

靈行物質律三條
反滅宜先比特嬌
耗小空餘將作甚
虛無逼近野人刁

複製

鳩工重紡校新經
廠造成批儉素徽
數大行征伊請嘆
天庭給定罪清規

煉金術

爭研化學序單元
役物析分綁內宣
眇外窺知機早逝
兵凶植入棄唐捐

引擎貿啟

燃經內外火專情
驛動雲心碧血清
駛過他鄉掀寶地
資財掠盡媵妖精

出兵

新裝器械虎飛艭
炮打一方勝逞王
帝國裁成追績效
周邊慘害數糧荒

欻

汪洋得意銳金鞋
踩點鄰邦討定階
拒附強存吞恐嚇
揚旗壁立演摩些

失心瘋

長轟短擲撼晴空
鬼魅聯名烤技工
盡毀他人邀血淚
回神破涕死屍中

毒

風生霧靄袋紅塵
水利逢冤拽細針
絳雨澆淋灰世紀
空嘍等候陸連嗔

核爆

蕈狀雲一朵
生靈飽半斤
詭計揹歹事
路見莫相親

囪

新饕聳立舔穹蒼
吐屬灰煙記兩章
餵食人兒杯見醉
迷離欠醒剩哭喪

智死實驗室

細菌孿生化
王人隱祕多
起復遭貶地
障腦癘強拖

病毒戰

爭端未啟霧先絲
逸出門簾養愛滋
煞死差堪川異味
他都亂疫總同疵

航天

升空火箭載良知
艦隊穿梭卻比痴
宇宙洪荒先老化
相隨乏道自陳屍

驚心陸海空

昂天對準犯雷公
砲管填充短命鐘
母艦航行機保衛
虛形戰火竄西東

洞

燃氟臭氧減一層
氯化追加碳已增
剪破包膜光紫洩
培多病院剃頭僧

太空垃圾

寰天擠衛星
鐵足不良行
遇廢忙等待
碎片幾時清

隱力

移情競改棄艱辛
網路攻防躲興親
出擊毋須敲子彈
茫然險勝夢瘀今

滿街機器人

耶埃按製洗流程
落魄江湖不許爭
遣派憑它一字點
如鉛臉色路相撐

按鈕

癱瘓咸朱手
祛紅剎那間
爆米花散易
點鐵石先閹

卷六

觀復我論著文字海

《詩話摘句批評研究》

成章意象最先傳
實句溫心敉四端
摘得清詩名放送
亮光世眼我新專

《秩序的探索——當代文學論述的省察》

文門變數生
過客轉臺萌
覷見緐罅隙
不隨水潦風

《文學圖繪》

字辭短許代相識
會晤今朝始識奇
圖出千條人有望
繪成文事早還希

《臺灣當代文學理論》

思餘解構幾成空
避異鳴中入陣風
集負柴桑投僻地
迴身仰看已天沖

《語言文化學》

痴人夜夢多
白曉挺全郭
話語穿三遍
方知覓新窩

《臺灣文學與「臺灣文學」》

呼名罪孽卯一條
煮字療飢坐浪滔
騙過隔鄰藏耳目
如今再省恐難高

《佛學新視野》

平江佛渡葦憑依
許諾西天漫寶滴
輾轉流金悉盡去
黽為補漏勝無棲

《兒童文學新論》

童年小忌養鮮詞
學得時文待訾疵
趕走華年先著述
輸誠淺域我先辭

《新時代的宗教》

耶教頻滋事
佛門勸無方
儒出兼尚道
世界老冰霜

《思維與寫作》

攤開紙頁綠如田
滿喜洪荒有地捐
筆落長噫邀簡要
收回草句竟成篇

《佛教與文學的系譜》

長趺撿嘆稀
案坐控文几
雙拼夯許願
問某故人欺

《文苑馳走》

情思主祕會形文
哲入烹調始戒葷
幾度闌珊燈下覓
一人獨佔角成崑

《中國符號學》

言說話語聚一窟
文本篇章幾大壺
舉項邀來觀念後
西潮不妨面多敷

《作文指導》

雕龍未盡有文心
亂品詩餘陌上勤
未許街馳窺御道
詞摛已竟論時新

《後宗教學》

能疲遂末廣天呼
佛滅神奇道止哭
敢動儒門新玉葉
牆牢樹在美屠蘇

《死亡學》

寥落一身後
達人也罹災
先哲多肅敬
繼嗣少銜哀

《故事學》

空談敘述兌零星
起手研深小細丁
整敕通盤交易後
明晰正告戲將傾

《閱讀社會學》

童兒避室腳先貪
轉讀成人更畏難
晃漾一車都未識
搭前久錯欠多勘

《文學理論》

言說文飾效一方
上下千年觀半滂
幾論西來教訴啐
惶然客對請新幫

《後佛學》

無明愛取再生庵
但識真常也了慚
萬法圍兜空嘆悵
嚴冬去盡匱清旃

《語文研究法》

方中法忍寄無生
幾寸相思老背僧
返抵門前身始熱
心知挂礙會紛爭

《後臺灣文學》

閒來結識舊風光
一曲琵琶解凍瘡
北往南來迷縱走
無人惦記娶紅妝

《創造性寫作教學》

教文輩對最難馴
你創他新等運親
坐轎誰擡終有數
低頻允許棄昨今

《身體權力學》

形神氣化定三欽
偃蹇一心藝事新
兩意通葳活塞路
蹁躚少四救沈金

《靈異學》

千重跨界找思惟
緊赴邊關歷百回
預備都中人盡識
書成豈料網蒙灰

又：空無道上憶無空，意態神奇鬼讚同。料得生機千萬變，檀城且慢做冬烘。

《語用符號學》

風潮末起眼攫心
用度言說獲底金
意欲權支他力配
理想化作命相侵

又：徽章畫盡問新裝，尺寸都縮底律慌。率在還估千百遍，無人慮度矯成誆。

《紅樓搖夢》

鐘鳴鼎食看一家
貴冑紛來老眼瞎
許子豪門空對月
才高演後有新褡

《走訪哲學後花園》

念想無非總
桓團把線穿
選輯真卯力
契作假先彎

《佛教的文化事業——佛光山個案探討》

逢河殺佛路難當
有志一同葦渡江
問道於盲先嘸氣
忙茫勝地不花香

《語文教學方法》

寧非食數人
點化在溝深
寫後明地裏
小悔挽餿真

《從通識教育到語文教育》

意識醫生棄
茅坑上建瓴
阿里瘋井甃
亞馬遜司汀

《轉傳統為開新
——另眼看待漢文化》

朝潮野合兩祈來
語調升沈莫自嗨
戀字前頭先氣化
今無聖哲勢中拆

《文學詮釋學》

循環意識轉多華
斷鏈規章換噪聒
統整難容科際代
唯今訊變後資誇

《反全球化的新語境》

強說敘述老餘情
帝國拼圖涘海清
賞味凡庸精算計
靈療過後詡新星

《語文符號學》

符徵底現牌
旨意被心賅
趕盡生記號
饋反舊時哀

《生態災難與靈療》

環兜兩界久低昂
互槓傾斜惡總方
赧盡前知纔報應
羞無後進又重雙

《文學概論》

理絕聽風采
心聲看束裝
策馬茲自去
老朽莫奔慌

《華語文教學方法論》

調唆老外臉新荒
表列千文著簡妝
歷盡相煎三夏後
頒期紙面淺藍光

《文化治療》

詳說創造太痴頑
氣化一重守末端
舉世都觀緣起早
反穿熵後換心寬

《華語文文化教學》

關睢理致唱歌單
貿得離騷曲轉彎
哲聖留人觀曠代
文章萬古愛尖端

《文學經理學》

公家短覺知
管控贐隨脂
創體還自我
盼你給靈芝

《解脫的智慧》

功名簿記水中流
苦守錢財命捨丟
愛欲終須勞跨世
親情許盡轉身悠

《文學動起來——一個應時文創的新藍圖》

摛文服務古來風
我輩身兼化民鐘
有事多謀天下計
粗夯美化倚成空

《走出新詩銅像國》

植入西洋體
煌然選變徵
歷遍他野場
應悔棄弁升

《跟君子有約：在全球化風險中找出路》

希仁進聖險中求
德業從來讓不休
孔孟蹉跎非百代
輪流我輩嘆時幽

《靈異語言知多少》

神言鬼語會三更
夢裏乾天且慢登
卻掃八方星作伴
希夷曲調有重哼

《新說紅樓夢》

淫貪斷已盟
點將錄前鋒
苦水熙鳳嗾
小子扮才翁

《《莊子》一次看透》

呼招道在幾何中
指數顛連運不同
究極關懷堪自在
今程濟世易時通

《君子學：後全球化時代的希望工程》

天君子嗣轉身難
盡舉私名貿少安
擬想流金差遍地
層巒疊嶂忌全貪

《寫作新解方》

起步嫌泥溢
闌珊避過溪
一舉衝刺去
抵達卯根基

《《周易》一次解密》

疑生算命筴抽支
證驗靈機許上枝
取信鴻鵠先祭奠
掀毛數跡退餘吱

附錄：作者著作一覽表

一、論著

1.《詩話摘句批評研究》，臺北：文史哲，1993。
2.《秩序的探索——當代文學論述的省察》，臺北：東大，1994。
3.《文學圖繪》，臺北：東大，1996。
4.《臺灣當代文學理論》，臺北：揚智，1996。
5.《佛學新視野》，臺北：東大，1997。
6.《臺灣文學與「臺灣文學」》，臺北：生智，1997。
7.《語言文化學》，臺北：生智，1997。
8.《兒童文學新論》，臺北：生智，1998。
9.《新時代的宗教》，臺北：揚智，1999。
10.《佛教與文學的系譜》，臺北：里仁，1999。
11.《思維與寫作》，臺北：五南，1999。
12.《中國符號學》，臺北：揚智，2000。
13.《文苑馳走》，臺北：文史哲，2000。
14.《作文指導》，臺北：五南，2001。
15.《後宗教學》，臺北：五南，2001。

16.《故事學》，臺北：五南，2002。
17.《死亡學》，臺北：五南，2002。
18.《閱讀社會學》，臺北：揚智，2003。
19.《文學理論》，臺北：五南，2004。
20.《語文研究法》，臺北：洪葉，2004。
21.《創造性寫作教學》，臺北：萬卷樓，2004。
22.《後佛學》，臺北：里仁，2004。
23.《後臺灣文學》，臺北：秀威，2004。
24.《身體權力學》，臺北：弘智，2005。
25.《靈異學》，臺北：洪葉，2006。
26.《語用符號學》，臺北：唐山，2006。
27.《紅樓搖夢》，臺北：里仁，2007。
28.《語文教學方法》，臺北：里仁，2007。
29.《走訪哲學後花園》，臺北：三民，2007。
30.《佛教的文化事業——佛光山個案探討》，臺北：秀威，2007。
31.《轉傳統為開新——另眼看待漢文化》，臺北：秀威，2008。

32.《從通識教育到語文教育》，臺北：秀威，2008。
33.《文學詮釋學》，臺北：里仁，2009。
34.《反全球化的新語境》，臺北：秀威，2010。
35.《文學概論》，新北：揚智，2011。
36.《語文符號學》，上海：東方，2011。
37.《生態災難與靈療》，臺北：五南，2011。
38.《華語文教學方法論》，臺北：新學林，2011。
39.《文化治療》，臺北：五南，2012。
40.《華語文文化教學》，新北：揚智，2012。
41.《文學經理學》，臺北：五南，2016。
42.《文學動起來——一個應時文創的新藍圖》，臺北：秀威，2017。
43.《解脫的智慧》，臺北：華志，2017。
44.《走出新詩銅像國》，臺北：華志，2019。
45.《與君子有約：在全球化風險中找出路》，臺北：華志，2020。
46.《靈異語言知多少》，臺北：華志，2020。

47.《新說紅樓夢》，臺北：華志，2020。
48.《《莊子》一次看透》，臺北：華志，2020。
49.《君子學：後全球化時代的希望工程》，臺北：華志，2021。
50.《寫作新解方》，臺北：華志，2021。
51.《《周易》一次解密》，臺北：華志，2021。

二、詩集

1.《蕪情》，臺北：詩之華，1998。
2.《七行詩》，臺北：文史哲，2001。
3.《未來世界》，臺北：文史哲，2002。
4.《我沒有話要說——給成人看的童詩》，臺北：秀威，2007。
5.《又有詩》，臺北：秀威，2007。
6.《又見東北季風》，臺北：秀威，2007。
7.《剪出一段旅程》，臺北：秀威，2008。
8.《新福爾摩沙組詩》，臺北：秀威，2009。
9.《銀色小調》，臺北：秀威，2010。
10.《飛越抒情帶》，臺北：秀威，2011。

11.《游牧路線——東海岸愛戀赤字的旅行》，臺北：秀威，2012。

12.《意象跟你去遨遊》，臺北：秀威，2012。

13.《流動偵測站——列車上的吟詩旅人》，臺北：秀威，2016。

14.《詩後三千年》，臺北：秀威，2017。

15.《重組東海岸》，臺北：秀威，2018。

16.《絕句詩變身秀》，臺北：華志，2022。

三、散文集

1.《追夜》（附錄小說），臺北：文史哲，1999。

2.《酷品味：許一個有深度的哲學化人生》，臺北：華志，2018。

四、小說集

1.《瀰來瀰去——跨域觀念小小說》，臺北：華志，2019。

2.《叫我們哲學第一班》，臺北：華志，2021。

五、傳記

1.《走上學術這條不歸路》，新北：生智，2016。

六、雜文集

1.《微雕人文——歷世與渡化未來的旅程》，臺北：秀威，2013。

七、編撰

1.《幽夢影導讀》，臺北：金楓，1990。
2.《舌頭上的蓮花與劍——全方位經營大志典：言辭卷》，臺北：大人物，1994。

八、合著

1.《中國文學與美學》（與余崇生、高秋鳳、陳弘治、張素貞、黃瑞枝、楊振良、蔡宗陽、劉明宗、鍾屏蘭等合著），臺北：五南，2000。
2.《臺灣文學》（與林文寶、林素玟、林淑貞、張堂錡、陳信元等合著），臺北：萬卷樓，２００１。

3. 《閱讀文學經典》（與王萬象、董恕明等合著），臺北：五南，２００４。

4. 《新詩寫作》（與王萬象、許文獻、簡齊儒、董恕明、須文蔚等合著），臺北：秀威，２００９。

國家圖書館出版品預行編目(CIP)資料

絕句詩變身秀 / 周慶華著 . -- 初版 . -- 臺北市 : 華志文化事業有限公司 , 2022.01
面；　公分 . -- (觀念詩 ; 01)
ISBN 978-626-95361-4-6(平裝)

863.51　　　110020117

華志文化事業有限公司
系列／觀念詩01
書名／絕句詩變身秀
作者　周慶華
執行編輯　楊雅婷
美術編輯　簡煜哲
封面設計　王志強
文字校對　陳欣欣
企劃執行　康敏才
總編輯　黃志中
社長　楊凱翔
出版者　華志文化事業有限公司
電子信箱　huachihbook@yahoo.com.tw
地址　116台北市文山區興隆路四段九十六巷三弄六號四樓
電話　0937075060

總經銷商　旭昇圖書有限公司
地址　235新北市中和區中山路二段三五二號二樓
電話　02-22451480
傳真　02-22451479
郵政劃撥　戶名：旭昇圖書有限公司（帳號：12935041）
書號　G601
售價　二七〇元
出版日期　西元二〇二二年一月初版第一刷

PRINT IN TAIWAN

華志文化

華志文化